SABRINA DELMARRE

JULIA ET CAMILLE

ÉDITIONS MAÏA

Découvrez notre catalogue sur :

https://editions-maia.com

Un grand merci à tous les participants de *simply-crowd.com* qui ont permis à ce livre de voir le jour :

MYLÈNE ALLARD

ÉRIC BARBERI

LAETITIA DUBRULLE

GREGORY FONTAINE

HERVÉ DHALLEWIN

DELPHINE HOUSEAUX

LAETITIA LAUWERIE

CORINNE MARLE

Nos livres sont éthiques et durables : économes en papier et en encre, ils sont conçus et imprimés en France.

ISBN 9782384412884

Dépôt légal : octobre 2022

1
Une rentrée mouvementée

Le réveil sonna à 6 h 30.

Julia qui s'apprêtait à faire sa rentrée dans une école de mode, se leva tout excitée, et commença à courir dans tous les sens, à l'idée de découvrir la journée qui l'attendait.

Elle qui rêvait de devenir une très grande styliste de mode, et de travailler auprès de grands créateurs. Voilà le début de son rêve qui se réalisait, et elle en était heureuse.

Commencer cette rentrée à Paris la motivait encore plus.

Tout comme sa sœur jumelle Camille, qui faisait aussi sa rentrée scolaire dans cette école, mais avec un enthousiasme moins grand que celui de Julia.

Julia alla réveiller sa sœur :

— Debout Camille, c'est le grand jour !!! Allez on se réveille, fit Julia, tout en sautant sur le lit de sa sœur.

— Laisse-moi encore dormir s'il te plaît, dit Camille qui n'était pas du matin, contrairement à sa sœur, et descend de mon lit.

— Allez Camille, dépêche-toi, cela serait mal vu d'être en retard le premier jour, allez vite vite lève-toi !! Moi je suis déjà prête.

— C'est sûr qu'avec toi, on y serait même avant que l'école ne soit ouverte. Tu es tombée en bas de ton lit ou quoi ?

— Ne sois pas si rabat-joie Camille, je t'attends en bas, dépêche-toi, et fais-toi jolie. Mets tes plus beaux habits... je te prépare ton déjeuner.

Camille éclata de rire, en pensant que sa sœur en faisait trop :

— On ne va pas à un défilé de mode, Julia, ni à un concours de beauté je te rappelle, mais à l'école, fit Camille en se levant.

— Alors, comment tu me trouves ?

— Tu ne vas pas t'habiller comme ça ? s'exclama Camille.

— Je le savais ! Cette robe me grossit c'est ça ? s'écria Julia.

— Ah non, mais ce n'est pas une robe pour aller en cours, mais plutôt une robe de soirée, se moqua Camille.

Elle se précipita dans sa chambre, pour essayer d'autres tenues et sortit toute sa garde-robe :

— Julia là tu es superbe, ne change plus, s'écria Camille.

— Vraiment ? fit Julia dubitative.

Elle voulait tellement être parfaite.

— Oui tu es magnifique évidemment.

— Tu n'es pas trop mal non plus, gloussa Julia. Tu sais bien que l'on doit faire bonne impression pour ce premier jour, pour bien s'intégrer et aussi se faire des amies, surtout que l'on ne connaît personne, cela va être stressant.

Les deux sœurs allaient faire leur rentrée dans cette école, où elles ne connaissaient personne, et encore moins dans cette grande ville, car elles avaient déménagé avec leurs parents pendant les grandes vacances, suite à la mutation du travail de leur père. C'était aussi plus pratique pour leur orientation professionnelle dans une école de mode.

Elles étaient du Canada, avant de venir à Paris. Elles allaient tout découvrir dans cette ville, qui pour elles était magique.

Aujourd'hui allait commencer une année de folie. Mais Camille était un peu nostalgique d'avoir quitté le Canada et appréhendait cette journée, elle était un peu plus réservée que sa sœur.

Arrivée devant l'école, Julia à qui sa sœur avait demandé de se calmer et de ne pas trop se faire remarquer, était surexcitée avec les yeux qui pétillaient, ne réalisant pas encore qu'elle allait faire sa rentrée dans cette école, elle en fut tout émerveillée.

Elle ne remarqua pas la foule, et bouscula une fille qui était en très grande discussion avec un groupe de filles, et qui se nommait Ashley.

— Oh, mais ne pourrais-tu pas faire attention, et regarder où tu vas ! s'exclama Ashley en la regardant de haut en bas et en ramassant ses affaires qu'elle avait fait tomber au moment de la bousculade.

— Excuse-moi, je suis tellement excitée que je ne t'avais pas vue, désolée, reprit Julia.

— Pfff, vous entendez ça les filles, elle ne nous avait pas vues, et bien ouvre un peu plus les yeux la prochaine fois, petite campagnarde, ici c'est une grande école pas un cirque, éclatèrent de rire Ashley et ses amies.

Julia se demandait si elle avait bien entendu :

— Et quoi ?? Comment ça campagnarde, tu ne t'es pas vue toi, répliqua Julia énervée.

— Mais c'est qu'elle s'énerve celle-là !! fit Ashley.

— Espèce de...

— Julia !! stoppa Camille avant qu'elle ne finisse sa phrase, et elle s'interposa en attrapant sa sœur dans son élan :

— Laisse tomber Julia, elle n'en vaut pas la peine, ne lui réponds pas, tu vois bien que c'est ce qu'elle cherche. Elle veut faire sa belle.

Et elle poussa sa sœur vers l'entrée de l'école.

— Elle ne perd rien pour attendre, grogna Julia.

— Julia !! Laisse tomber, je te dis que cela ne sert à rien.

Julia qui ne décolérait pas suite à ce que lui avait dit Ashley, avait du mal à faire redescendre la pression, et continua à s'énerver :

— Non, mais tu as vu ça Camille, mais pour qui elle se prend cette pimbêche-là. Elle s'est crue tout permis, elle m'a énervé pour la journée celle-là. Je la déteste déjà.

— Courage Julia, ne t'en fais pas, elle a certainement voulu se faire remarquer et montrer qui elle était, mais tu vaux beaucoup mieux qu'elle, alors arrête de t'énerver et ne lui montre pas d'intérêt, et surtout fais-moi la promesse de ne pas lui répondre la prochaine fois qu'elle te cherche, cela ne t'apportera rien de bon, dit Camille.

— Mouais… Facile à dire, la journée commence mal, je savais que l'on aurait dû mieux s'habiller, nous n'avons vraiment pas le même style qu'elles, c'est à se demander si nous avons notre place dans cette école. Peut-être que ce n'est au final, pas pour nous Camille. Nous aurions dû aller faire du shopping avant la rentrée. Il est encore temps de faire demi-tour et de rentrer chez nous.

— Allez Julia, ressaisis-toi, c'est justement ce pourquoi on est ici, pour apprendre la mode non ?

Et n'oublie pas qu'on a encore tout à apprendre, qu'il ne faut pas copier les autres, cela n'avancera à rien, et qu'il faut avoir son propre style.

— Tu es bien d'accord avec ça ? On va lui prouver que l'on a notre place ici, comme tout le monde. Et tu ne vas pas briser ton avenir pour une fille quand même Julia, je te croyais plus forte que ça.

— Oui Camille ! Tu as raison... fit Julia sans conviction.

Les sœurs s'approchèrent de la liste d'affichage et découvrirent leurs noms, et qu'elles ne seraient pas dans la même classe. Cela chagrina encore plus Julia, qui se décomposa et Camille essayant de faire face, voyant sa sœur attristée, tenta de lui remonter le moral comme elle le pouvait :

— Ce n'est vraiment pas ma journée apparemment, cria Julia.

— Je suis certaine que cela va bien se passer Julia, et que l'on aura une bonne classe, et de toute façon on se retrouvera à l'heure du déjeuner !

— Allez Julia, n'oublie pas que l'on est ici pour réaliser notre rêve de devenir de grandes stylistes de mode. Et dis-toi que cette Ashley après cette école, tu ne la verras plus, à moins que vous ne deveniez les plus grandes amies du monde, pouffa de rire Camille en taquinant sa sœur.

— Pfff... très drôle Camille, je suis morte de rire tu vois !!! Et ça ne risque pas d'avoir lieu, on n'est pas du même monde apparemment ! Mais franchement, pourquoi nous ont-ils séparées, Camille ? On est jumelles quand même et on devrait être ensemble, tu ne crois pas ? Être jumelles ne donne aucun avantage… Je suis vraiment déçue, Camille !! Que va-t-on faire ? Que va-t-il encore nous tomber dessus ?

— Je rigole Julia, ne prends pas tout au premier degré. Tu ne vas pas te gâcher la journée pour elle ! fit Camille en essayant de la rassurer.

— Oui, mais j'en ai assez, depuis qu'on est arrivées devant l'école, rien ne va plus.

— Allez, Julia, ça va aller, et je suis sûre que l'on se retrouvera au déjeuner et que tu seras toute contente de ta matinée, que tu en oublieras les péripéties de ce matin, l'encouragea Camille.

— Mouais, si tu le dis, j'en suis moins convaincue que toi… À tout à l'heure, Camille.

Et Camille et Julia se prirent dans leur bras, et partirent chacune en direction de leur salle de classe, à l'opposé l'une de l'autre. Ce qui ne rassura pas Julia qui se dit que cela commençait mal pour elle. Elle qui n'avait jamais été séparée de sa sœur auparavant, le prit mal. Et elle ne voulait plus être dans cette école, elle en hésita à repartir chez elle.

Quand Julia entra dans sa classe, quelle ne fut pas sa grande surprise de découvrir qu'Ashley et son groupe d'amies faisaient également partie de sa classe. Elle soupira et se sentit faiblir, en pensant que cette journée allait être longue… très longue ! Et elle se demanda ce qui pourrait encore lui tomber dessus, car la journée ne faisait que commencer, elle ne pensait alors qu'à retrouver sa sœur, et se retint de pleurer.

Julia entra à reculons dans la classe, et se plaça au 1er rang, quand soudain Ashley et ses amies commencèrent à rire et à lui faire des réflexions :

— Hey, mais regardez les filles, qui est installée au 1er rang, mais c'est Mademoiselle la campagnarde, riaient Ashley et ses amies. Mais on va passer une bonne année, se moqua Ashley.

— Tu as oublié ta jumelle la campagnarde, fit amusée Ashley.

Julia avait envie de lui balancer son sac dans la figure, et de se faire toute petite, et qu'on ne la vit plus pour le reste de la journée. Et faisant semblant de ne pas entendre Ashley qui continua ses réflexions en embarquant toute la classe avec elle, elle se dit :

« Mais quel cauchemar, elle ne me lâchera jamais cette pimbêche, vivement que la journée se termine. J'espère que cela se passe mieux pour Camille que pour moi, j'ai hâte de la retrouver, elle me manque déjà. »

À l'heure du déjeuner, Julia et Camille se retrouvèrent pour se raconter leur matinée. Julia eut un soulagement de retrouver sa sœur et souffla enfin :

— C'était si déprimant que ça ! fit Camille amusée en voyant la tête de Julia.

— Oh, mais tu n'imagines même pas, devine qui est dans ma classe, Camille ? fit Julia d'un air dépité.

— Laisse-moi deviner, hum... Je dirais un bel apollon, pouffa de rire Camille.

— Tu te moques de moi, c'est cette pimbêche d'Ashley.

— Ah tu veux dire Miss Monde ! Vous ne vous quittez plus à ce que je vois, continua-t-elle à la taquiner.

— Ce n'est pas drôle Camille, en tout cas bonne réponse. Cette année s'annonce vraiment délicate, je ne la sens vraiment pas. Mais pourquoi tout tombe sur moi, alors que la journée s'annonçait si bien. J'étais sûrement trop heureuse. Au final, je pense que cette école n'est pas pour moi, on est trop différent de ces gens.

— Oh, mais non, ne t'en fais pas Julia, ça va aller, ne fais pas attention à elle, à force elle finira bien par ne plus te prêter attention. N'oublie pas que l'on doit réussir notre année Julia. Et pense que l'on deviendra de grandes stylistes de mode, et peut-être que l'on habillera Ashley, haha... fit Camille.

Allez, n'y pense plus, elle finira bien par se lasser et te laissera tranquille, en trouvant quelqu'un d'autre à embêter, ça doit être sa spécialité, ne t'en fais pas. Allez, tu sais que je n'aime pas te voir triste comme ça, fais-moi un grand sourire. Et pense que c'est ton rêve et tu ne voudrais pas le gâcher pour cette Miss Monde quand même. Tu as ta place ici, tout comme elle, et peu importe ce qu'elle dira.

— Je ne pouvais pas tomber sur pire qu'elle sérieusement, c'est bien ma veine, fit Julia.

— Oh si, tu aurais pu tomber sur pire, peut-être que tu te rendras compte qu'elle n'est pas si mauvaise que ça et qu'elle veut juste attirer l'attention.

— Je voudrais bien t'y voir moi, passer une année avec elle et ses amies qui ont l'air toutes avec elle. Elles vont toutes se liguer contre moi, tu vas voir, je ne me suis jamais sentie aussi seule au monde.

— N'y pense plus Julia.

— Mais bon, je vais écouter tes conseils, et tu as raison Camille, Miss Monde devra me passer sur le corps. Cela aurait été mieux si tu avais été avec moi dans cette classe. Et toi ta matinée comment ça s'est passé ?

— Moi ça va, apparemment meilleur que la tienne, la taquina Camille. Allez je rigole Julia, moi il n'y a aucun problème. Cela se passe très bien, ne t'inquiète pas pour moi, je me suis fait une amie qui a l'air super sympa, et cette classe a l'air vraiment top, c'est un bon début.

— J'aimerais tellement que cela se passe bien aussi pour moi, mais je suis contente pour toi Camille, fit Julia.

— Courage, ça ira. Tu es forte Julia.

— Je ne sais pas si je vais me faire des amies, elles ont toutes l'air de bien s'entendre avec Ashley.

— Quand elles verront comment est Ashley, elles iront vers toi, j'en suis certaine, fit Camille.

Et Julia retrouva un peu de sa bonne humeur du matin, en essayant d'oublier sa matinée. Et elle ne voulut pas trop inquiéter Camille.

Les jumelles continuèrent à se raconter leur matinée, en finissant leur déjeuner. Puis, elles repartirent en cours, chacune de leur côté. Julia n'avait qu'une hâte quand même, c'était que la journée se termine, mais elle gardait en tête les conseils de sa sœur, et allait essayer tant bien que mal de les appliquer.

— Bon après-midi, Julia.

— Mouais... souhaite-moi plutôt bon courage, fit Julia.

— Si tu penses toujours à cette Ashley, c'est sûr que ça n'ira pas, tu ne vois pas que c'est ce qu'elle cherche, alors fais abstraction, et ne pense plus à elle.

— Oui Camille !!!

L'après-midi se passa un peu plus calmement, jusqu'à ce qu'un nouvel élève fasse son apparition. Et dont cela ne laissa pas Julia indifférente et elle se demanda qui il était.

— Je vous présente Gaëtan, fit le professeur. Qui est là pour devenir créateur de mode, je compte sur vous pour lui faire un bon accueil et bien l'intégrer, il vient d'emménager à Paris.

— Bienvenue Gaëtan ! fit la classe en chœur !!

Julia eut immédiatement un coup de foudre, et en regardant Gaëtan, elle espéra que cela soit réciproque. Mais ce qu'elle n'avait pas pensé, c'était que sa rivale Ashley était aussi tout en admiration pour lui, ce qui l'agaça.

D'ailleurs, Ashley commença à jouer de son charme et lui lança des regards insistants, en se décalant pour faire une place à ses côtés. Or, Gaëtan alla s'installer à la table derrière Julia, ce qui mettait en rage Ashley, et réjouissait Julia qui se mit à rougir.

Cette journée, tout compte fait, ne serait pas si mauvaise qu'elle le pensait. Et elle ne pensa plus du tout à la matinée passée, mais seulement à l'instant présent depuis que Gaëtan avait fait son entrée, elle fut un peu rêveuse, ce qui n'échappa pas au professeur.

— Julia, vous êtes avec nous ?!

— Euh oui, Monsieur ! fit Julia perturbée.

— Alors, c'est devant vous que cela se passe.

La classe se mit à rire. Et Julia aussi tout en se sentant un peu gênée de la remarque du professeur. Mais elle se sentit soulagée et heureuse.

2
Gaëtan

Le lendemain, Julia, arrivée devant l'école, et qui avait un peu retrouvé son enthousiasme de la veille, arrêta sa sœur sur le pas de la porte de la classe.

— Est-ce qu'il me regarde ? murmura-t-elle.

— Qui donc ? demanda Camille à haute voix.

— Chuuuut !!! Il va t'entendre voyons.

Je parle de Gaëtan, regarde comme il est si mignon.

Camille leva les yeux au ciel :

— Encore lui !! Mais tu es vraiment amoureuse ma parole.

— Alors il me regarde ou pas ?

— Oui, il me semble.

— Comment ça, il te semble ?

— Julia, je t'en prie, je ne vais pas le fixer dans le blanc des yeux. Rentre dans ta classe, et à tout à l'heure.

— Vous sortez ensemble, ou quoi ? se moqua Camille.

— Non pas encore, mais j'espère !!

— Bonjour ! lança joyeusement Julia en entrant dans la classe. Quelle superbe journée, tu ne trouves pas Gaëtan ?

— Tu m'as l'air bien joyeuse, dis donc.

— Elle est amoureuse c'est pour cela ! pouffa Ashley avec ses amies.

La joie de Julia retomba en apercevant Ashley. « Zut murmura Julia, j'avais oublié cette pimbêche, comment l'oublier celle-là. »

À peine installés, leur professeur principal arriva.

— Silence, je vous prie !! Vous pourrez parler à l'heure du déjeuner.

Camille qui était partie en laissant Julia rentrer dans sa salle de classe, se sentit préoccupée, car elle avait remarqué que Gaëtan ne regardait pas Julia, mais bien elle, et elle ne savait quoi en penser.

Ce qu'elle imaginait alors était-il réel ? Comment allait-elle devoir dire cela à Julia ? Elle qui avait l'air si amoureuse de Gaëtan, elle ne voulait pas que sa sœur soit peinée.

Ou alors se trompait-elle ?

Vu la joie que cela procurait à sa sœur, elle se dit qu'elle préférait, pour le moment, ne rien lui dire, de ne pas y prêter attention et de garder cela secret, car peut-être au final qu'elle se trompait.

Julia essaya d'attirer l'attention de Gaëtan, en lui proposant de l'aider à lui faire rattraper les cours de la première matinée.

Il accepta volontiers et la remercia, ce qui rendit heureuse Julia, et ce qui n'avait pas échappé malheureusement à Ashley.

« Si elle pense que Gaëtan va s'intéresser à une campagnarde pareille, avec aucun style, elle se trompe.

On verra qui gagnera, j'ai plus d'un tour dans mon sac » pensa Ashley en le murmurant à son groupe d'amies, qui n'en pensait pas moins. Et elle surveilla le comportement de Julia le reste de la journée.

La fin de la matinée arriva, et Ashley s'approcha discrètement de Gaëtan :

— Hey Gaëtan, ça te dit de venir déjeuner avec nous ? fit Ashley toute contente, en regardant Julia.

— Surpris de la proposition, il accepta et la suivit.

Julia, qui avait entendu la conversation, cacha sa colère ce qui amusa Ashley. Et en sortant lui murmura :

— Bon appétit, la campagnarde ! Va retrouver ta jumelle.

Julia se retenait de lui répondre, et se sentit vexée, elle aurait voulu le proposer avant à Gaëtan, et qu'il n'accepte pas l'invitation d'Ashley, mais c'était trop tard.

Julia fit part de cette mauvaise nouvelle à sa sœur, pendant l'heure du déjeuner où elles se retrouvèrent.

— Camille, je sens que cette Miss Monde va me mettre des bâtons dans les roues toute l'année. Elle a invité Gaëtan à déjeuner et il a accepté. Pfff..., elle m'énerve, si seulement j'avais pensé à lui demander avant, pfff... fit Julia.

Camille se sentit gênée et essaya un peu de fuir le sujet, en disant à sa sœur de ne pas se faire trop d'espoir, qu'il avait l'air si bien pour s'intéresser à elle.

— Tu sais Julia, il peut aller déjeuner avec qui il veut, sans tout de suite penser à quelque chose.

Et il aurait sûrement aussi accepté si tu lui avais proposé. Regarde, si quelqu'un nous avait demandé de venir déjeuner, on y serait allé aussi non ? Et peut-être que cela lui fera découvrir qui est cette Ashley, taquina Camille.

— Tu es rabat-joie Camille, je te dis que cela lui a plu d'accepter l'invitation d'Ashley et qu'il en avait l'air très content. Elle était tellement enragée que je lui ai proposé de l'aider à rattraper les cours du matin que je suis certaine qu'elle l'a fait exprès pour m'embêter et me casser cette joie. Tu aurais dû la voir… Avec ses manières de princesse là !! Pfff… La reine d'Angleterre quoi.

— Ah bon !! fit Camille, étonnée.

— Mais oui, ne te moque pas. Que t'arrive-t-il, Camille ?

Toi qui voulais que je sois intégrée dans cette classe, que je me fasse des amies, mais cette pimbêche est toujours là pour casser cela. Et toi, tu n'as pas l'air de mon côté ? fit Julia, abattue.

— Que tu t'intègres oui, bien sûr Julia. Mais ne t'égare pas non plus, et je ne voudrais pas que tu te fasses de faux espoirs sur ce garçon et que tu en sois déçue. Et pense que nos parents ont payé cher pour que l'on puisse faire cette école, ne perds pas tes objectifs, tu auras bien le temps de t'amuser par la suite Julia, dit Camille.

— Je le sais évidemment, on commence à peine l'année, on peut bien profiter un peu aussi, et si cela peut faire que cette année soit encore meilleure, alors pourquoi pas ?! Mais pour cela, il faudrait qu'Ashley ne soit plus là, et ça, c'est pas gagné. Mais elle m'a agacé ce matin, elle doit être habituée à avoir tout ce qu'elle veut celle-là.

— Oh Julia, laisse tomber, je crois qu'on n'aura jamais le dernier mot avec elle, quoi qu'on fasse. Je ne voudrais pas que tu te disperses, et que tu le regrettes après.

— Mais non Camille, cette année va bien se passer, crois-moi. Je ferai un effort, mais si seulement Miss Monde avait pu tomber amoureuse d'un autre garçon, cela m'aurait arrangé, ria Julia.

— Tu m'étonnes ! s'exclama Camille.

Peut-être que Gaëtan aura regretté d'avoir déjeuné avec elle, on ne sait jamais, s'il n'aime pas les reines de beauté, taquina Camille.

— Oui, tu verrais, elle s'est même parfumée entre deux cours, cela sentait tellement le parfum, que le professeur a dû ouvrir toutes les fenêtres. Tout le monde s'est mis à rire. Ce qui n'a évidemment pas plu à Ashley qui est devenue rouge comme une tomate qui allait exploser. Même ses amies ont ri aussi, ria Julia.

— J'imagine la scène, j'aurais bien voulu voir ça, au moins elle va te laisser un peu tranquille, après cet épisode-là. Peut-être que son parfum aura empêché Gaëtan de déjeuner, pouffa Camille.

— J'espère bien, même si elle a sûrement plus d'un tour dans son sac, il faut se méfier de ce genre de filles, elles obtiennent tout.

— Pfff... mais c'est vrai qu'il faut se méfier de cette peste, prête à tout hein.

— Mais pour le moment, elle va certainement se faire petite, après cette mésaventure de ce matin. Quoique cela ne l'a pas empêché d'inviter Gaëtan. Tu aurais dû voir ça, et j'ai cru qu'elle allait finir par sortir de la classe, tout le monde était plié de rire, même le professeur on voyait qu'il se retenait de rire. Et elle a fait de sacrés yeux à ses amies quand elle a vu qu'elles riaient aussi.

— Eh bien, on s'amuse bien dans ta classe Julia on dirait, tu vois que ce n'est pas si dramatique que ça au final, tu as l'air d'avoir une bonne classe aussi.

— Ah arrête, c'est juste un petit épisode comme ça, mais sinon ce n'est pas vraiment si joyeux que ça, fit Julia. D'ailleurs j'ai hâte de la voir arriver dans la classe cette après-midi, en espérant qu'elle n'a pas de nouveau vidé le flacon de parfum sur elle, ria Julia.

— Cela sera certainement oublié maintenant. Elle va trouver quelque chose pour que cela tombe vite aux oubliettes.

— Je n'en suis pas si sûre, moi je ne vais pas oublier, pouffa Julia.

— Allez Julia, reprends ton sérieux, et fais attention à toi, et pense à bien suivre les cours. Et ne te préoccupe pas d'elle.

— Oui maman...

— Julia arrête c'est pour toi que je dis ça. Pour que tu réussisses bien sûr, et que tu ne le regrettes pas.

— Et toi Camille, ta classe ?

— Oh la routine, rien de spécial, tout le monde a l'air de bien s'entendre et c'est très bien comme ça.

Je n'ai pas de Miss Monde dans ma classe apparemment, ria Camille.

— Quelle chance, et tu n'as pas craqué sur un garçon ? titilla Julia espiègle.

— Julia !!! On n'est pas là pour ça, et tout va bien je te dis ! J'adore mes cours, et aussi ma classe, et j'ai de bons professeurs, donc tout roule.

— Je te taquine Camille ! fit Julia.

— Ah ça, je le vois bien ! Ça t'amuse.

— Bon allez, Camille, on va être en retard, et je ne voudrais pas rater Gaëtan, si tu vois ce que je veux dire, en espérant qu'il n'arrive pas avec cette pimbêche, s'exclama Julia en faisant un clin d'œil à sa sœur.

— Allez concentre toi Julia et arrête tes bêtises. Sois sérieuse maintenant s'il te plaît.

— Mais oui Camille !! fit Julia un peu agacée.

3
Sœur contre sœur

Nous avions découvert au cours de la journée, les salles de classe de mode, où nous commencerions nos créations. Cela nous émerveilla, nous nous étions sentis comme des enfants dans un magasin de jouets.

Et nous avons oublié toutes les péripéties de la journée. Tout le monde fut à l'écoute et comblé.

Nous avons ensuite fait la connaissance de notre professeur de stylisme qui était très bien habillée, qui nous apprendrait à créer nos collections, à nous inspirer… nous avons si hâte de commencer.

Puis, pour commencer, notre professeur nous expliqua que l'on allait devoir apprendre à créer une collection de vêtements, et qu'en fin d'année il y aurait un défilé pour présenter nos collections, ce qui nous mit tous en joie.

Mais elle nous demanda pour cela de travailler en groupe, nous devions nous mettre en binôme, pour réaliser un projet ensemble.

— Super ! pensa Julia tout excitée. Je sais déjà à qui je vais le demander.

Étant un peu gênée, Julia se tourna vers Gaëtan et lui proposa de travailler ensemble, et à son grand étonnement il accepta. Julia eut l'impression d'être dans un rêve, et que les étoiles étaient alignées en sa faveur ce jour, ce qui lui faisait le plus grand bien.

« Quel bonheur » pensa-t-elle.

Le soir venu, Julia raconta sa journée à sa sœur qui ne fut pas aussi contente qu'elle. Elle lui demanda alors si elle avait un problème.

— Non Julia, tout va bien, mais je suis occupée à faire mes devoirs, on en reparlera plu tard, si tu veux bien ? Et fais tes devoirs aussi.

— Ok Camille, parfois j'ai l'impression que tu te comportes comme une maman, plutôt que comme ma sœur jumelle… s'exclama Julia déçue.

— N'importe quoi Julia ! Tu délires.

— Tu ne t'en rends pas compte alors Camille.

— Pfff…

Julia ne comprenait pas le comportement de sa sœur, et se demanda ce qu'il se passait. Elle voyait bien que depuis la veille, Camille cherchait à éviter les conversations, et certains sujets. Elle n'était plus la même, et cela la chagrinait.

En tant que jumelles, d'habitude elles se racontaient tout, dans les moindres détails, et ce changement intrigua Julia.

Elle voulait découvrir ce qui n'allait pas chez sa sœur, et se disait que demain serait une autre journée, et qu'elle en profiterait pour avoir des explications auprès de Camille.

En attendant, Julia était rêveuse, elle allait travailler en binôme avec le garçon pour lequel elle avait eu un coup de foudre, elle aimait ses cours, appréciait ses professeurs, notamment sa professeur de stylisme, et Ashley ne l'avait pas cherchée de la journée. Elle ne pouvait donc rêver mieux, et s'endormit heureuse, malgré le tracas que sa sœur ne partage pas sa joie, et dont cela l'intriguait un peu. Elle lui en toucherait deux mots le lendemain.

Comme on dit, la nuit porte conseil, et elle espéra que sa sœur serait de meilleure humeur le lendemain, et elle s'endormit pensive.

Quant à Camille, elle eut du mal à trouver le sommeil, elle savait que Gaëtan lui plaisait et que c'était réciproque. Sauf qu'elle ne voulait pas faire de peine à Julia, donc pour cela elle ne savait plus vraiment trop quoi faire, à part garder cela secret, mais sans que sa sœur ne le découvre. Et elle allait donc devoir mentir à sa sœur, et cela ne lui plaisait pas beaucoup.

Elle appréhendait donc le lendemain, les questions de sa sœur, qui commençaient à la perturber, et elle finit par s'endormir.

À son réveil, Julia se rendit dans la chambre de sa sœur, et constata que Camille était déjà levée et que ses affaires n'étaient plus là. Elle ne comprit pas. Elle descendit donc pour prendre son petit déjeuner et se préparer, et remarqua que sa sœur n'était pas en bas non plus.

Elle interpella sa mère :

— Maman où est Camille ? fit Julia inquiète.

— Elle est déjà partie à l'école il y a 20 min.

— Mais il n'est même pas encore l'heure, et pourquoi ne m'a-t-elle pas attendu ? Je ne comprends pas, je me sens perdue là sans elle !! Que lui arrive-t-il ?

— Elle devait avoir un contrôle et voulait partir en avance pour réviser certainement. Ta sœur est à fond dans ses cours, prends en exemple, car je te trouve dissipée en ce moment. N'y aurait-il pas une histoire de garçon là-dessous ??

— Bien sûr que non maman, mais maman, tu sais bien que l'on part toujours ensemble, c'est comme ça tous les matins, s'exclama Julia.

— Vous vous retrouverez à l'école, allez dépêche toi tu vas être en retard sinon. Je suis sûre que tout va bien. Tu as tendance à vite te tracasser Julia, contrairement à Camille. Et suis bien tes cours.

— Oui maman. Mais qu'est-ce qui arrive à Camille ?

Je ne la reconnais plus...

— Je la trouve comme d'habitude, tu sais qu'elle prend ses cours au sérieux, tu devrais en faire de même Julia. S'il se passe quelque chose, vous en parlerez ce soir en rentrant.

— J'espère que tu as raison maman, car ça m'inquiète.

— Ne te tracasse pas pour rien ma chérie.

— J'essaie. Mais depuis hier elle m'évite j'ai l'impression, et dès que je lui parle, c'est tout juste si elle ne râle pas, alors que d'habitude on se raconte nos journées et on se dit tout, et là rien, fit tristement Julia.

— Ça passera, allez va la retrouver, peut-être que tu arriveras à la voir avant que les cours ne commencent.

— OK j'espère, à ce soir, maman.

— À ce soir, ma chérie !

Julia se prépara en vitesse et dès son arrivée, elle se mit à la recherche de Camille, mais sans succès. Elle ne la trouva pas et pensa qu'elle s'était cachée pour ne pas qu'elle la trouve ! Et elle se dit que sa sœur devait vraiment avoir un problème. Cela intrigua encore plus Julia.

Elle voulut aller voir dans la classe de Camille, quand soudain la sonnerie se mit à retentir, elle se dépêcha alors d'aller rejoindre sa classe et se dit alors que tant pis, elle la verrait à l'heure du déjeuner, et elle partit dans sa classe un peu triste, mais ravie de retrouver Gaëtan qui d'ailleurs en la voyant, l'interpella et lui demanda si quelque chose n'allait pas.

— Non rien, laisse tomber, je ne suis pas dans mon assiette aujourd'hui, ça passera, fit Julia.

— Ah bon ! Mais pourquoi ? Tu n'es pas malade au moins ? Ou c'est à propos de ta sœur ?

— Comment le sais-tu ? fit Julia étonnée.

— Car vous arrivez toujours ensemble, bras dessus bras dessous, et aujourd'hui, vous êtes chacune de votre côté.

— Pfff... Effectivement, je ne comprends pas son comportement depuis hier. Mais tu l'as vu arriver ce matin ?

— Oh oui, vite fait !! Elle avait l'air pressée et un peu préoccupée, mais cela ne doit sûrement pas être grand-chose.

Gaëtan n'osa pas lui dire qu'il était allé lui parler ce matin, et qu'ils avaient passé un moment ensemble, avant de rentrer dans l'école. Il eut si peur de sa réaction qu'il ne dit rien de plus.

— Si seulement... pensait-elle. Elle ne m'a pas attendue ce matin, et était déjà partie à mon réveil, je n'ai pas compris pourquoi. Et cela me perturbe, on est toujours ensemble et là je la vois s'éloigner de moi, sans savoir pourquoi. Ma sœur me manque. Et je n'aime pas ça. Je veux savoir ce qu'il se passe.

— Tu la retrouveras certainement comme d'habitude, à l'heure du déjeuner, et vous pourrez vous expliquer ensemble, si quelque chose ne va pas. En attendant, dépêchons-nous, car on va être en retard, et cela ne risque pas de plaire à notre professeur.

— Tu as raison, allons-y !! Mais ça reste ma sœur quand même donc je m'inquiète.

L'heure du déjeuner arriva, Julia courut vers Camille, tellement vite qu'elle manqua de tomber devant Ashley.

— Ben alors, on se croit à la gym ce matin ? fit Ashley

— Tire-toi de mon chemin.

— Oh du calme la campagnarde, cela n'a pas dû te plaire que je déjeune avec Gaëtan hier, surtout que nous avons passé un agréable moment, et que l'on remettra ça très vite. Alors ne te fais pas trop d'illusions sur lui, il ne s'intéresse pas du tout à toi. D'ailleurs je vais lui proposer de venir manger chez moi demain, et je suis sûre qu'il va dire oui, fit Ashley avant de s'en aller, toute contente de sa vengeance.

— Il ne s'est pas étouffé avec ton parfum !! glouissa Julia.

— Au moins je sens très bon, et pas la campagne.

Et toi c'est quoi ton parfum ? Ah non j'oubliais tu n'en connais pas, haha... fit Ashley.

Julia fut remontée et se retint de ne pas lui mettre une claque, elle se souvint des conseils de sa sœur :

— Allez va retrouver tes majordomes, pimbêche. Et fiche-moi la paix ou sinon tu vas le regretter.

— C'est une menace !! Pour qui te prends-tu ? cria Ashley. Retourne dans ta campagne, ta place n'est pas ici.

— Non, mais si tu restes là, cela pourrait en devenir une, alors dégage. Et j'ai ma place comme tout le monde, ce n'est pas toi qui décides.

— Tu crois que tu me fais peur avec ton allure là de campagnarde, d'ailleurs d'où sortez-vous toi et ta sœur, des cavernes ? Elle pouffa de rire.

— Tu devrais avoir peur justement, et je préfère avoir mon style plutôt que de ressembler à Madame tout le monde qui n'a aucune personnalité.

— Pfff, fit Ashley avant de tourner les talons et de partir rejoindre ses amies.

Elle oublia une seconde ce mauvais moment, en allant vers Camille :

— Camille, enfin je te retrouve. Pourquoi ne m'as-tu pas attendu ce matin ? J'étais si inquiète. Ce matin, je ne t'ai pas vu non plus en arrivant, et pourtant je t'ai cherché partout.

— J'avais un contrôle, et je voulais être là tôt pour pouvoir réviser tranquillement. Et j'avais justement besoin d'être seule pour être dans mon cours pour réussir mon contrôle, fit Camille.

— Mais on aurait pu arriver ensemble ! Comme on le fait tous les jours. Camille, que t'arrive-t-il, tu as changé de comportement et je ne comprends pas pourquoi. Tu sais bien que l'on se dit toujours tout, alors dis-moi ce qu'il se passe s'il te plaît ? Ai-je fait quelque chose qu'il ne fallait pas ? M'en veux-tu pour quelque chose ?! Dis-moi s'il te plaît ? Je m'inquiète.

— Tu te fais de fausses illusions Julia, je n'ai rien, je me concentre simplement sur mon travail, d'ailleurs tu devrais en faire de même et arrêter de gambader à droite à gauche. Regarde, tu as même failli renverser Miss Monde, heureusement qu'il n'y a rien eu de plus grave. Tu imagines les problèmes qu'elle aurait pu te créer, si elle avait eu un coup.

— Arrête Camille, je vois bien qu'il y a quelque chose que tu ne me dis pas. Et cela me tracasse, tu le sais bien ! Et pour Ashley, elle est toujours sur mon passage celle-là, à croire qu'elle le fait exprès pour me chercher des noises. Si j'avais pu lui mettre mon poing dans la figure, cela l'aurait peut-être calmé.

Elle commence sérieusement à m'agacer. Toujours là où il ne faut pas. À croire qu'elle cherche les ennuis. Elle va finir par me trouver, à toujours être sur mon chemin.

— Je te dis qu'il n'y a rien, et puis arrête de me poser toutes ces questions s'il te plaît, c'est énervant à force, et tu devrais faire de même en étant un peu plus concentrée sur tes cours s'il te plaît Julia, et moins sur tes amours et Ashley. Car là tu pars vraiment en vrille ma sœur. Et tu vas finir par te créer des problèmes à force si tu rentres toujours dans Ashley. Elle va finir par penser que tu l'aimes bien, ricana Camille pour détendre l'atmosphère.

— Je la déteste cette vipère, lâchez-moi tous avec Ashley, ce n'est qu'un poison cette fille. Si elle pouvait changer de classe ça serait le rêve. Mais vu qu'elle est aussi amoureuse de Gaëtan, ce n'est même pas pensable.

Voyant sa sœur commencer à s'énerver, Julia se tut et sans plus d'explications, elles partirent déjeuner.

Pendant le déjeuner, personne n'ouvrit la bouche. Julia se dit que ça irait mieux le soir.

— On se retrouve ce soir à la maison Camille ?

— Oui, évidemment Julia ! fit tristement Camille.

— Tu es sûre que ça va aller ? Je suis là si besoin !! insista Julia.

— Mais oui, allez à ce soir, et arrête de t'inquiéter pour rien, ça n'a aucun sens. Tu sais que cela m'énerve toutes ces questions comme ça, et que si je te dis qu'il n'y a rien, c'est qu'il n'y a rien, pas besoin de chercher ailleurs. Parfois, j'ai besoin de souffler c'est tout. Et de me concentrer sur mes cours, car moi aussi je veux réussir et pour cela il faut bien que je me mette à travailler. Moi, tu sais bien qu'il me faut plus de travail que toi pour arriver à tout apprendre.

— OK, c'est promis !! Allez, bon après-midi, à ce soir. Désolée pour toutes mes questions, mais ça me travaille tout ça, et je n'ai pas l'habitude qu'on s'éloigne comme ça, surtout si longtemps.

Camille souffla et se dit qu'elle s'en était à peu près bien sortie face aux questions incessantes de sa sœur, et se dit que pour cette fois ça irait.

Mais jusqu'à quand pourrait-elle fuir comme cela ?

Combien de temps pourrait-elle cacher la vérité à Julia ? Et est-ce que Gaëtan allait venir lui parler ?

Julia allait-elle ne plus lui poser toutes ces questions ?

Comment pourrait-elle se sortir de ce pétrin ? Elle n'avait pas si hâte d'être au soir, car elle savait que Julia allait continuer ses questions.

Pour la route du retour, Julia et Camille s'étaient attendues, elles ne s'étaient pas parlé, leur trajet fut long, en silence. Ce qui ne leur était jamais arrivé.

La soirée se finit également ainsi, et chacune partit se coucher de son côté, assez tristement pour Julia qui continuait à s'inquiéter pour sa sœur, mais n'osait plus lui en parler de peur qu'elles finissent par s'embrouiller.

— Bonne nuit, Camille !! On part ensemble demain matin ?

— Oui bien sûr, bonne nuit Julia, ne te tracasse plus.

— Je vais essayer, et faire de mon mieux. J'espère qu'on se retrouvera mieux demain. Comme avant.

— Mais oui, allez va dormir, à demain ! fit Camille agacée.

— Tu sais que je suis là si tu as besoin de parler Camille.

— À demain, Julia.

4
Le secret

Camille n'avait pas réussi à dormir de la nuit, elle se demandait comment elle allait pouvoir fuir les questions de sa sœur encore longtemps comme ça, et elle sentait qu'elle ne pourrait pas garder son secret encore bien longtemps, et elle ne voulait pas faire d'histoire ni de peine à sa sœur.

Ne voulant pas lui dire qu'elle et Gaëtan s'étaient retrouvés la veille de bonne heure, d'où son départ tôt pour l'école, en prétextant un contrôle, car elle savait que sa sœur ne lui pardonnerait pas. Elle se sentit un peu piégée et ne se sentit pas très bien !

Car elle n'avait pas pour habitude de devoir mentir à sa sœur et cette situation ne lui plaisait pas, et elle sentait que cela allait mal se finir. Elle cogita toute la nuit, et impossible pour elle de trouver le sommeil.

Julia elle, s'était un peu plus calmée et se dit qu'au final, elle avait sûrement dû s'inquiéter pour rien, et elle décida de tirer un trait sur cette affaire, et de repartir à zéro, en oubliant tout ça, car elle ne voulait pas perdre sa sœur. Et elle sentait que si elle continuait ses questions, c'était ce qui allait arriver.

Elle décida donc de ne plus en parler, et pour se faire pardonner de son attitude, elle décida le lendemain de préparer au réveil le petit déjeuner de sa sœur, pour lui montrer que cela allait mieux.

Et elle se rassura et trouva rapidement le sommeil. En pensant que tout rentrerait dans l'ordre le lendemain.

Au réveil, Camille qui n'avait pas trouvé le sommeil tomba sur sa sœur :

— Tu as une de ces têtes Camille ce matin, tu n'es pas souffrante au moins rassure moi ? s'inquiéta Julia.

— Non, simplement un mal de tête qui m'a empêché de dormir, mais ça ira. Je vais me préparer.

— Tu vas quand même en cours ce matin, tu pourrais rester te reposer et revenir cet après-midi ?

— Ça va aller, je vais prendre une douche et ça ira. Ne te fais pas de soucis. Je dormirai mieux ce soir.

— Cela n'a pas à voir avec ton changement de ces derniers jours ? Je te promets de ne plus en parler, mais je m'inquiète simplement. Tu sais que je suis ta sœur et qu'on se dit toujours tout, fit Julia.

Camille se disait que sa sœur allait recommencer, et ne la lâcherait vraiment jamais avec ses questions.

— S'il te plaît Julia, ne recommence pas, je n'ai pas la tête à ça ce matin, je suis fatiguée et je risquerais de dire quelque chose que je pourrais regretter, alors s'il te plaît plus de questions du tout, et je te dis pour la millième fois que ça va. Cela arrive de ne pas dormir, et d'avoir un mal de tête.

— Alors si tu le dis…

Elles arrivèrent devant l'école :

— Regarde qui arrive en même temps que nous, ah qu'il est beau !! fit Julia.

— Julia ferme la bouche, tu baves, se moqua Camille.

— Haha, très drôle Camille, je vois que tu vas mieux dis donc là, ne serais-tu pas jalouse par hasard.

— Moi !!! Jalouse ! Mais pas du tout ! dit-elle.

— Mouais mouais !! la taquina Julia.

Gaëtan s'approchait d'elles :

— Hey bonjour les filles, comment allez-vous ? Ravi de vous voir arriver de nouveau ensemble.

— Bien ! firent les jumelles en chœur.

— Haha, mais vous n'êtes vraiment pas jumelles pour rien, se moqua Gaëtan.

Et Camille partit dans sa classe, en laissant Julia et Gaëtan.

— Gaëtan, tu viens ! On va être en retard.

— J'arrive Julia, ne m'attends pas. J'ai un détail à régler avant, dit Gaëtan en regardant Camille s'éloigner et en allant la rattraper :

— Camille, attends ! Que fais-tu ce week-end ? Ça te dit de se voir pour faire un peu plus connaissance.

Camille comprenait que Gaëtan lui proposait de sortir ensemble. Elle se sentit rougir, proche du malaise, ne sachant quoi répondre, car elle ne voulait pas peiner sa sœur.

— Cela ne sera pas possible ce week-end Gaëtan. Une autre fois peut-être. Désolée, je me dépêche avant d'arriver en retard en classe ! À tout' !! fit Camille en se dépêchant pour l'esquiver.

Camille fut perturbée le restant de la journée, et elle se demanda ce que penserait sa sœur Julia qui les avait vus au loin parler ensemble ! Et elle se dit qu'elle ne pourrait pas lui dire, sinon cela risquerait de lui faire de la peine si elle apprenait que Gaëtan la préférait à elle.

« Mais que fait Gaëtan avec Camille ? Pourquoi lui court-il après comme ça ? Que lui dit-il ? Est-ce en rapport avec le changement de ma sœur ? Où est-ce par rapport à moi ? Est-ce un rapprochement ? Hum... non, je me fais des films, ma sœur ne m'aurait pas fait ça.

J'attendrai ce soir pour le demander à Camille, pensa Julia inquiète qui se demanda alors si quelque chose ne se passait pas entre Gaëtan et sa sœur. »

Gaëtan, tout essoufflé, arriva pour s'installer à côté d'elle, et elle resta silencieuse le reste de la journée, en ayant hâte de retrouver Camille pour lui demander des explications.

La cloche sonna la fin de la journée ! Julia se dépêcha pour aller rattraper Camille le plus vite possible.

— Camille, attends-moi ! cria Julia.

Je voudrais te parler.

Camille se retourna et vit sa sœur courir comme une flèche pour la rejoindre.

— Dis donc, tu es si pressée de quitter les cours Julia. C'est étonnant !! constata Camille.

— Oui, euh enfin, je veux dire non ! C'est que je voulais te voir pour te parler de Gaëtan.

— Encore lui !! fit Camille agacée.

— Mais, c'est que je vous ai vus ensemble tout à l'heure, avant de rentrer en cours, que t'a-t-il demandé Camille ?

Camille vit sa sœur, le visage un peu inquiet et n'osa pas lui dire la vérité, elle se contenta alors de lui répondre :

— Oh rien, il voulait juste savoir si ça allait mieux entre nous Julia c'est tout.

— Ah bon ! Mais pourquoi l'a-t-il demandé à toi ? Il aurait très bien pu me le demander, surtout qu'on est ensemble en cours, et assis l'un à côté de l'autre. Je trouve cela bizarre.

— Certainement, car il avait peur de t'embêter avec ça, comme tu avais l'air triste, essaya de se dépatouiller Camille.

— Mouais... C'est étrange ! Il aurait pu quand même m'en parler, ou me dire ce qu'il t'avait dit, il se doutait bien qu'on en aurait parlé.

— Oh Julia, tu ne vas pas en faire tout un fromage, et c'est toi qui es en classe avec lui, alors tu es plus souvent avec lui, moi je ne le vois jamais, si cela peut te rassurer, mentit Camille.

— D'ailleurs il te voit beaucoup plus que moi, renchérit Camille pour ne pas trop perturber Julia.

— Ah oui, tu as raison ! fit Julia un peu rassurée.

Camille souffla et elles finirent leur trajet.

Et Julia resta calme et silencieuse le reste de la soirée, elles allèrent chacune dans leur chambre faire leurs devoirs.

Mais Julia gardait en tête qu'elle ne comprenait toujours pas pourquoi Gaëtan avait préféré aller voir Camille et non elle. Et elle se demandait si Camille lui avait vraiment dit la vérité. Pour en être sûre, elle allait mener son enquête, et le demanderait dès le lendemain à Gaëtan. Elle imagina alors tout un scénario dans sa tête, ce qui ne la fit pas trouver le sommeil si vite.

— Hey salut Gaëtan ! s'exclama Julia.

— Salut, ça va ? Tu es toute seule aujourd'hui ? Ta sœur est déjà arrivée ?

— Oui, ma sœur avait un rendez-vous ce matin, elle sera de retour cet après-midi.

— Ah cool, tant mieux ! fit rassuré Gaëtan.

— Tu as l'air si inquiet pour ma sœur ?!

— Euh non, c'est juste que je demande tout simplement, comme je t'ai vue arriver seule, du coup je pensais qu'il y avait de nouveau une dispute entre vous.

— Non, tout va bien ! Dis, Gaëtan, je peux te poser une question ! demanda Julia.

— Oui, bien sûr ! Vas-y ! fit surpris Gaëtan.

— Pourquoi es-tu allé voir ma sœur hier ? Et que lui as-tu demandé ?

Gaëtan, qui sentait le piège, se demanda ce que Camille avait pu dire à sa sœur, et voyant que Julia avait un faible pour lui, mais que ce n'était pas réciproque, il ne savait pas trop quoi lui dire :

— Oh des broutilles, rien de bien important.

— C'est-à-dire ? insista Julia.

— Simplement si ça allait et si on pouvait se voir en dehors des cours ce week-end, c'est tout. Mais elle a refusé.

— Ah OK ! fit Julia perplexe. Il se passe quelque chose entre vous ?

— Non, rien du tout ! Je lui ai juste proposé une sortie pour apprendre à se connaître un peu plus, en toute amitié ! Si tu veux tu pouvais venir avec nous ?

— D'accord ! Mais non merci. Je ne voudrais pas vous déranger, s'exclama Julia.

— Mais voyons, tu ne me déranges pas Julia ! fit Gaëtan pour la rassurer.

— Mouais...

— Allez, allons en cours, le travail nous attend essaya de changer de conversation Gaëtan, en voyant la mine de Julia qui commençait à se décomposer et en ayant peur de sa réaction, et il ne voulut pas non plus que cela crée une dispute entre elles.

Julia comprit alors que sa sœur lui avait menti, et elle se sentit un peu blessée et ne comprenait pas pourquoi. Et elle se demandait également si le refus de Camille n'avait pas un rapport avec elle. Ce qu'elle ferait remarquer à Camille dès son retour dans la journée.

Et Julia alla rejoindre Gaëtan dans la classe, sans dire un mot. C'était la première fois que Camille lui mentait, et elle en eut mal au cœur, elle ne reconnaissait pas le comportement de sa sœur.

Sauf que Camille n'arriva pas l'après-midi, et cela inquiéta sa sœur, alors elle se dit qu'elle garderait cela pour elle, pour l'instant.

La journée se passa dans le plus grand calme, Julia ne pensait qu'à sa sœur, et que si elle n'était pas là, c'était bien que quelque chose n'allait pas. Elle fut pensive le restant de la journée.

En n'oubliant pas non plus que sa sœur lui avait menti. Ce qui lui brisa le cœur.

5
Un choix crucial

Julia, qui avait trouvé la journée très longue, se dépêcha de rentrer chez elle. Elle partit sans dire au revoir à Gaëtan. Arrivée chez elle, ne voyant pas Camille, elle fit le tour des pièces en courant et demanda à sa mère où était passée Camille :

— Maman, où est Camille ? Elle devait revenir cet après-midi, je l'ai attendu et rien !! s'inquiéta Julia.

— Camille n'est pas rentrée, elle va rester encore un peu à l'hôpital, ma chérie. Mais ne t'inquiète pas c'est simplement pour faire des examens plus approfondis et savoir ce qu'il en est.

— Rien de grave j'espère, tu me le jures maman ?

— Oui Julia, elle sera vite revenue, tu ne réaliseras pas son absence, ne te fais aucun souci. Demain sera vite là.

— Son absence est déjà bien pesante pour moi ! Je n'aime pas ça, elle me manque, fit Julia attristée.

— Allez ma chérie, ça va aller. Vous allez vite vous retrouver, ce n'est qu'une question de jours, et tout rentrera dans l'ordre. Et elle n'aimerait pas te savoir inquiète tu sais, dit sa mère.

Julia, qui n'avait pas l'habitude d'être séparée si longtemps de sa sœur jumelle, sentit que quelque chose n'allait pas. Elle n'était pas jumelle pour rien, et depuis petites, elles ressentaient tout de l'autre. Quand l'une n'allait pas bien, l'autre le savait déjà à l'avance. Et cela inquiéta encore plus Julia de n'avoir aucun contact avec sa sœur depuis la veille. C'était aussi la première fois qu'elles étaient séparées. Et cela ne rassura pas Julia qui alla passer la nuit dans la chambre de sa sœur.

Elle ne pensait qu'au moment où elle pourrait la retrouver.

Elle dormit dans le lit de sa sœur, en ayant fait l'impasse sur le dîner. Sa sœur lui manquait déjà et elle savait que c'était réciproque, et elle se dit que Camille ne devait pas être bien, seule à l'hôpital. Elle aurait voulu la rejoindre, ou simplement pouvoir l'appeler pour avoir des nouvelles, et entendre la voix de sa sœur, mais cela était impossible. Il était déjà très tard, et Camille n'avait pas de téléphone dans sa chambre d'hôpital.

Elle s'endormit inquiète, en pensant à sa sœur.

Au levé, Julia qui n'avait pas beaucoup dormi et qui avait passé la nuit en larmes, s'inquiétant pour sa sœur, demanda à sa mère si elle avait eu des nouvelles de Camille.

— Non pas encore ma chérie ! Mais certainement bientôt.

Je t'ai préparé un bon petit déjeuner, comme hier soir tu n'as rien avalé, il te faut prendre des forces. Tu ne voudrais pas tomber malade non plus !

— Maman, je ne veux pas aller en cours aujourd'hui, je ne me sens pas très bien, et je suis trop inquiète pour Camille. Je vais rester ici aujourd'hui avec vous ?

— Non Julia, je préfère que tu ailles en cours, car si tu restes ici, tu vas te tracasser encore plus pour ta sœur, et tourner en rond. Tandis qu'à l'école, tu seras occupée.

Alors je te dis que tout va bien se passer et tu peux me croire, et dépêche-toi d'aller en cours. À ton retour ce soir, Camille sera là, et tu n'auras plus à t'inquiéter.

Julia traîna des pieds, prenant son temps en espérant que sa mère change d'avis pour qu'elle puisse rester à la maison, mais cela ne marcha pas, et elle partit donc en cours, et arriva triste dans sa classe.

— Qu'y a-t-il ? demanda Gaëtan !

— C'est ma sœur, elle est toujours à l'hôpital, et je n'ai aucune nouvelle d'elle et cela m'angoisse.

— Rien de grave ? fit Gaëtan inquiet.

— Je ne sais pas ! répondit Julia.

— Mais pourquoi est-elle à l'hôpital ? Qu'est-ce qu'elle a ? insista Gaëtan.

— Je ne le sais pas je t'ai dit !! Hier mes parents l'ont conduit à l'hôpital pour un examen, car elle ne se sentait pas bien et ne tenait plus trop debout. On doit encore lui faire des examens toute la journée apparemment. Et si tout se passe bien, elle rentrera ce soir à la maison.

— J'espère que ça ira, tu me tiens au courant, fit Gaëtan.

Gaëtan s'inquiéta et n'osa pas poser plus de questions à Julia, car il voyait bien que sa colère commençait à monter.

Alors que Julia n'avait aucune envie d'aller en cours, Gaëtan essaya tant bien que mal de la motiver :

— Je suis sûr qu'elle va bien, et ce soir elle te dira qu'il ne fallait pas s'inquiéter.

— Je n'ai qu'une envie c'est d'aller la rejoindre à l'hôpital.

— Mais tu ne peux pas Julia, et tes parents t'en voudraient et je ne pense pas que cela fasse plaisir à Camille si tu sèches les cours. Allez entrons en classe, tu verras, la journée va vite passer, fit Gaëtan.

Le moment venu, Julia qui avait couru tout le long du trajet de l'école à la maison sans s'arrêter, pressée d'enfin pouvoir retrouver sa sœur, fut de nouveau triste de découvrir, encore une fois, que sa sœur n'était toujours pas là. Elle commença à s'énerver :

— Maman, dis-moi ce qu'il se passe, je veux la vérité, je veux savoir où est Camille, et ce qui lui arrive s'il te plaît ? Je veux qu'on aille la voir maintenant.

— Calme-toi Julia ! Camille était très fatiguée après tous ces examens, les médecins ont préféré la garder une nuit de plus, on la retrouvera demain matin, ce n'est plus à un jour près maintenant, et le principal est qu'elle aille mieux non ?! Et arrête de t'énerver comme cela, ce n'est pas ce qui fera ramener plus vite Camille ici. Et cela ne lui plairait pas de te voir t'énerver comme cela et tu le sais, alors calme-toi un peu ! fit sa mère.

— D'accord, désolée maman, mais laisse-moi alors au moins aller la chercher avec vous demain matin s'il te plaît maman ? fit Julia tout excitée.

— On verra si tu te calmes Julia.

— Oui je te le promets maman.

— Ok Julia, et fais-moi le plaisir d'aller faire tes devoirs, et de ranger un peu ta chambre également.

— Merci maman, et elle sauta au cou de sa mère en pleurs.

Et elle se dépêcha de faire ses devoirs et de ranger sa chambre, avant de nouveau repasser la nuit dans la chambre de sa sœur. Elle se décida à faire aussi un peu de nettoyage dans celle de sa sœur, en se disant que cela lui ferait plaisir à son retour de retrouver une chambre bien propre et bien rangée.

Elle commença à ranger son bureau, quand soudain elle tomba sur un mot fermé avec un cœur, elle hésita à l'ouvrir, puis se mit finalement à le lire, et découvrit que c'était un mot de Gaëtan qui lui disait qu'il l'aimait et l'invitait à sortir.

Julia fit tomber le papier, et fut sonnée de ne rien avoir vu entre lui et sa sœur, et se demanda comment sa sœur avait pu lui cacher cela. Mais au vu de ce qu'il se passait, elle décida de ne rien dire, de bien remettre le papier à sa place, et de faire comme si elle n'avait rien vu du tout. Ce qui la perturba, et elle se demanda pourquoi sa sœur n'était pas venue lui en parler, et pourquoi elle lui avait caché cela, pareil pour Gaëtan.

Julia ne dormit pas de la nuit, elle n'arrêtait pas de penser à la lettre, et en même temps elle était tellement tracassée pour sa sœur que le lendemain à la première heure elle était déjà prête.

— Tu es très matinale Julia ! fit sa mère.

— Oui maman, j'ai hâte que Camille rentre enfin à la maison.

Arrivée à l'hôpital, Julia ne put s'empêcher de serrer très fort sa sœur dans ses bras, et toutes les deux se mirent à pleurer.

— Julia tu m'étouffes ! rit Camille.

— Oh excuse-moi, Camille, tu m'as tellement manqué, et j'ai eu si peur pour toi. Et être aussi long-temps séparée de toi m'a perturbé. Si tu savais à quel point tu m'as manqué, j'ai dormi la nuit dans ta chambre pour avoir l'impression d'être près de toi, fit Julia rassurée de retrouver sa sœur.

— Je vais mieux, je dois encore me reposer un peu quelques jours et ça ira.

Tu pourras de nouveau m'embêter ne t'inquiète pas, la taquina Camille.

— Camille, je te promets de ne plus t'embêter avec toutes mes questions, je te demande pardon.

— Mais je rigole bien sûr Julia, et que serait ma sœur sans ses questions haha !!

— Ah que c'est bon de te retrouver Camille !! Je ne veux plus que l'on soit à nouveau séparées aussi longtemps, je l'ai mal vécu si tu savais. Et toi alors ?

— Rien de grave, mais évidemment si c'est ça que tu attends, toi aussi tu m'as tellement manqué, cela m'a fait bizarre d'être ici sans toi, je me suis sentie seule comme jamais. Et je n'avais qu'une hâte c'était de te retrouver au plus vite.

— Plus jamais on ne se sépare comme ça hein Camille ? Tu me le promets ?

— Oui !! essaya de rassurer Camille. Et sinon, des nouvelles de l'école, est-ce que j'ai manqué des choses ? Et Ashley ne t'a pas trop embêté j'espère.

— Oh, tu n'as rien manqué d'exceptionnel, tu sais, je n'ai pas eu le cœur à l'école, mais tout s'est bien passé. Et je ne sais pas ce qui arrive à Ashley, mais elle ne m'a pas cherché du tout, elle a dû avoir certainement pitié !! Je suis sûre qu'à ton retour, elle fera à nouveau la pimbêche.

Julia ne mentionna rien sur Gaëtan, pour ne pas lui faire de peine, ni ne lui parla qu'elle avait vu la lettre dans son bureau. Elle ne voulut pas tracasser sa sœur à nouveau alors qu'elle sortait de l'hôpital.

— D'accord ! fit Camille, en n'osant pas demander des nouvelles de Gaëtan.

Ils apprirent en sortant que les examens de Camille n'avaient rien décelé d'inquiétant, et que cela était probablement du surmenage dû à trop de stress. Ils furent soulagés qu'il n'y eût rien de grave, et Julia se promit de faire plus attention à sa sœur, et de la laisser tranquille au sujet de Gaëtan, le temps qu'elle se rétablisse.

Mais allait-elle pouvoir garder cela longtemps pour elle ?!

Pour fêter le retour de Camille à la maison, ils allèrent le soir même manger au restaurant, et savourèrent le bonheur de se retrouver. Cela égaya les jumelles.

Quelques semaines étaient passées depuis ces dernières péripéties.

Camille allait de mieux en mieux, et Gaëtan qui allait un peu plus vers Camille, intrigua Julia.

Julia se demanda si Gaëtan savait qu'elle savait ce qu'il se passait entre lui et sa sœur, ce qui la peina.

Pour en avoir le cœur net, elle alla demander à Gaëtan :

— Gaëtan, es-tu amoureux de ma sœur ? Est-ce que tu n'oserais pas me le dire ?

— Non pourquoi cette question Julia ?

— Ne me prends pas pour une idiote, Gaëtan, s'il te plaît, je vois bien que tu vas tout le temps vers elle, et cela se sent.

— C'est juste pour lui demander des nouvelles, vu ce qu'elle a eu. Je la sens fragile.

— Et tu continues à me mentir en plus ??

— Mais non Julia… Pourquoi ces questions ??

— Allez arrête, tu me déçois ! fit Julia.

— Mais Julia, je te promets qu'il n'y a rien entre ta sœur et moi.

— Et tu me l'aurais dit sinon ??

— Bien sûr que oui ! dit Gaëtan.

— Menteur…

— Ne le prends pas comme ça, Julia.

— Ben alors fais un choix ?

— Comment ça ? Quel choix ?

— Alors vu que tu veux jouer à ça, ça sera ma sœur ou moi, dit Julia.

— Tu ne peux pas me faire ça Julia ! cria Gaëtan.

— Et bien si, pourquoi pas !

Gaëtan se sentit pris au piège, il ne savait pas comment Julia pouvait lui faire cela. Il aimait Camille, mais ne voulait pas faire de peine à Julia ni créer une dispute entre les deux sœurs. Alors il se demanda comment il allait se sortir de cette situation qui ne lui plaisait pas du tout.

Pour cela, il décida d'abord d'aller en parler discrètement à Camille.

— Je n'en reviens pas que ma propre sœur t'ait demandé de faire un choix, et surtout entre elle et moi. Je suis choquée, je ne la reconnais pas du tout, et en suis tout simplement déçue !! fit Camille étonnée.

— Qu'allons-nous faire Camille ? s'inquiéta Gaëtan.

— Le mieux est de ne plus se voir pour le moment. Le temps que la situation se calme, car je ne voudrais pas que Julia soit mal, et cela risquerait de se répercuter sur son année, et je m'en voudrais. Alors, si elle te reparle de faire un choix, choisis-la, ou fuis simplement la question. Et moi, je ferai comme si je ne savais rien si elle m'en parle, dit Camille déçue.

— Je comprends ta déception Camille, mais on ne peut pas ne plus se voir, ce n'est pas possible s'il te plaît ! Il doit bien y avoir une autre solution, fit Gaëtan.

— Non, je connais ma sœur, elle ne lâchera pas l'affaire, alors en attendant faisons comme cela, et on agira selon la situation. Je suis désolée Gaëtan, je n'aurai jamais pensé ça de ma sœur, et qu'elle te pose un ultimatum pareil me déçoit fortement.

Gaëtan repartit en cours, en laissant Camille seule. Et entrant en classe il vit Julia déjà installée :

— Je peux m’asseoir à côté de toi Julia ? demanda Gaëtan inquiet de sa réponse.

— Fais ce que tu veux ! répondit Julia sur la défensive. Je m’en fiche.

— Ne fais pas la tête Julia ! essaya de rassurer Gaëtan.

— Laisse-moi s’il te plaît ! D’ailleurs, pourquoi ne demandes-tu pas à changer de classe, pour aller dans celle de Camille, tu y serais beaucoup mieux j’en suis sûre.

— Oh Julia, tu te trompes ! Je suis heureux d’être dans cette classe, et j’ai une super voisine je trouve, dit Gaëtan pour remonter le moral de Julia.

6
Le projet

Après toutes ces péripéties, Julia et Gaëtan commencèrent leur projet commun, qui était de créer une collection de vêtements pour un défilé coloré, où ils devraient faire deux tenues complètes de leur choix et les porter au défilé de fin d'année.

— Merci Gaëtan, de ne pas m'en avoir voulu pour le choix que je t'ai demandé de faire. Mais je tenais à m'excuser pour t'avoir demandé cela. J'étais tellement déçue que j'ai mal réagi. Et je t'en demande sincèrement pardon. Si tu peux ne rien dire à ma sœur ?

— Ne t'inquiète pas, aucun souci, c'est déjà pardonné ! fit Gaëtan (même s'il avait déjà mis Camille au courant.) Oublions tout ça, et concentrons-nous sur notre projet qui sera certainement le meilleur.

— D'accord ! s'exclama Julia qui retrouvait le sourire.

— Je pense qu'il faudrait que l'on se voie entre les cours pour avancer dans notre projet.

D'ailleurs, si cela te dit que l'on aille faire le tour des magasins de tissus ce week-end ? proposa Gaëtan.

Julia sauta de joie, avant de se ressaisir :

— Oh super… super ! Euh enfin je veux dire oui bien sûr, cela me ferait très plaisir. Eh oui, il nous faut trouver de très beaux tissus, ah je m'y vois déjà…

— Donc, on se dit à samedi Julia ? Je te ferai découvrir la ville en même temps. Je suis sûr que tu apprécieras. Tout le monde tombe en amour de cette ville. Paris, c'est la plus belle ville, surtout pour la mode.

— Oh pas que de cette ville ! dit Julia en se demandant si elle avait pensé à voix haute.

Euh oui merci, j'ai déjà hâte d'y être.

Gaëtan voulut lui demander si Camille pourrait venir aussi, et se rappela l'ultimatum que lui avait lancé Julia, de choisir entre elle et sa sœur, il n'osa rien dire, avec quand même un espoir qu'elle propose à Camille de venir. Après tout elles sont jumelles, donc peut-être ne se séparaient-elles pas pour les sorties, pensa-t-il.

Le soir venu, Julia et Camille se retrouvèrent dans une de leur chambre pour se raconter leur journée, en ne parlant pas de l'ultimatum de Julia.

— Camille, j'allais oublier, devine qui m'a demandé de sortir demain ? Veux-tu un indice ? rit Julia.

— Gaëtan, évidemment !! La question ne se pose même plus, lâcha Camille un peu agacée.

— Ouiii, il m'a proposé de me faire visiter la ville, bon, et aussi de me faire découvrir les boutiques de tissus pour notre projet, j'ai super, mais super hâte ! s'exclama Julia en sautant partout.

Camille qui aurait bien voulu être de la partie se sentit un peu à l'écart, mais essaya de se réjouir pour sa sœur, sans rien montrer :

— Je vois ça ! Contente pour toi, Julia. Ne t'évanouis pas.

— Haha Camille, tu recommences ?

— Mais non, tu sais bien que c'est pour rire, je te taquine.

— Oui très marrant !! J'en suis pliée, fit Julia.

Et les jumelles finirent de se raconter leur journée dans la joie et la bonne humeur.

Le samedi matin, Julia qui s'était préparée encore plus en avance, ne tenait plus en place, ce que remarqua Camille qui commençait à s'énerver.

— Julia, arrête sil te plaît, tu vas me donner le tournis. Arrête de sautiller dans tous les sens, et tu as encore de l'avance, alors calme-toi !!

— Ah, mais je ne tiens plus en place, je suis à la fois heureuse de découvrir cette ville, et en plus avec Gaëtan, je ne pouvais pas rêver de passer un meilleur week-end.

— Eh bien merci Julia, ça fait plaisir !! fit tristement Camille.

— Euh, non je ne voulais pas dire ça Camille, on en fera ensemble des sorties dans cette ville aussi, mais là tu vois je ne tiens plus en place, d'ailleurs j'y vais, on en reparle ce soir, à tout à l'heure Camille ! cria Julia.

— Mais tu as encore une heure à attendre !!

— Oui, mais je suis trop pressée !! hurla Julia en courant.

Camille, triste que sa sœur ne lui ait pas proposé de venir avec eux, et aussi que Gaëtan ne lui en ait pas parlé, finit par se dire que si cela faisait plaisir à sa sœur, alors elle ne dirait rien, pour ne pas lui gâcher ce moment.

Et elle espéra qu'il ne se passerait rien pendant cette journée entre Julia et Gaëtan.

Arrivée au point de rencontre qu'ils s'étaient donné, Julia vit au loin Gaëtan :

— Gaëtan, Gaëtan, je suis là !! cria Julia.

— Salut Julia, ça va ? Tu cries tellement fort que tout Paris pourrait t'entendre, la taquina Gaëtan.

— Super ! Cette journée va être merveilleuse. Ah oui, désolée, je suis tellement surexcitée que j'ai crié pour que tu m'entendes. Et en plus le soleil est avec nous aujourd'hui, on va passer vraiment une très bonne journée.

— Eh ben dis donc, quelle bonne humeur Julia. Que veux-tu que l'on fasse d'abord en premier ? répondit Gaëtan.

— Hum… réfléchit Julia ! Je veux tout découvrir de cette ville et notamment le monde de la mode, les grands créateurs, les monuments, la tour Eiffel…

Gaëtan stoppa Julia :

— Julia, tu sais que nous n'avons que la journée devant nous ! Paris est immense, on n'aurait pas assez de tout un week-end pour tout faire.

— Oh, mais c'est encore mieux, comme ça, on pourra passer d'autres journées ensemble !! Euh, je veux dire pour tout découvrir de Paris bien sûr.

Gaëtan ne voulait pas gâcher la joie de Julia :

— Bon, je vais d'abord te faire découvrir, les magasins de tissus, comme nous sommes dans le coin, et on pourra commencer à avoir un aperçu de notre projet, si cela te va, fit Gaëtan déjà fatigué.

— Parfait ! Je te suis. Tu es mon guide pour la journée, s'enthousiasma Julia.

Cette journée se déroula merveilleusement bien pour Julia, qui enchaîna les découvertes de Paris. Elle en prit plein les yeux et profita de chaque instant aux côtés de Gaëtan.

— Oh Gaëtan, regarde-moi tous ces tissus, ils sont magnifiques, c'est impossible de choisir sans vouloir acheter le magasin entier ! plaisanta Julia.

— Mais on va bien en trouver qui sortiront du lot et nous feront faire un magnifique projet.

Julia ne savait plus où donner de la tête tellement elle était en admiration devant tous ces tissus. Elle était aux anges.

Ils sortirent des magasins de tissus, les bras chargés de paquets. Après avoir passé une longue journée entre magasins et découverte de la ville, la journée prit fin et ils se quittèrent dans la joie, mais épuisés.

Arrivée chez elle, Julia s'empressa de rejoindre sa sœur dans sa chambre pour lui expliquer toute sa journée qu'enviait Camille.

— Camille, j'ai passé la journée la plus mémorable de ma vie, j'aurais voulu qu'elle ne s'arrête jamais.

Et Paris est vraiment magique. Le week-end prochain, je te ferai découvrir la ville, et découvrir toutes ses merveilles, tu vas en avoir plein les yeux, fit Julia en se laissant tomber sur le lit de Camille.

— Ok Julia, fit Camille sans trop de conviction.

— Tu es vachement enthousiaste Camille, ça fait peur…

— Je suis juste fatiguée, j'ai fait des devoirs et des révisions toute la journée, donc j'ai juste envie ce soir de me reposer. On se parlera demain. Ma journée n'a pas été aussi intéressante que la tienne, tu sais, donc je n'ai rien de spécial à te raconter.

Je suis restée dans ma chambre quasiment toute la journée.

Mais je suis contente pour toi, que tu te sois bien amusée. C'est le principal.

Et elles partirent se coucher chacune dans leur chambre.

7
Embrouilles

La semaine commença par une dispute entre les deux sœurs.

Julia était tellement surexcitée de revoir Gaëtan, qu'elle ne parla plus que de lui et de leur projet de stylisme ensemble.

Ce qui finit par agacer Camille.

— Stop Julia s'il te plaît, tu n'as plus que ce mot-là à la bouche, Gaëtan, on ne passe même plus de moments ensemble.

C'est toujours, Gaëtan par ci, Gaëtan par là…

— Oh Camille, je suis désolée, je suis tellement surexcitée de tout ce qu'il se passe en ce moment, que je t'en ai oublié. Excuse-moi ! Je ne savais pas que cela te faisait de la peine, pardonne-moi.

— Cela se voit tellement, que tu en as oublié la moitié de tes affaires à la maison, tu es devenue tête en l'air, je ne te reconnais plus Julia.

Tu ne fais plus attention à rien ! Plus rien d'autre que Gaëtan ne compte pour toi, à tes yeux apparemment.

— Han Camille, tu ne peux pas dire cela, c'est faux ! J'ai oublié les tissus pour le projet, et on en a besoin aujourd'hui, mais comment je vais faire, et il est trop tard pour faire demi-tour. Ah nooon, mais Gaëtan va me détester après ça.

— Tu n'avais qu'à y penser avant ! fit Camille énervée.

Et Camille laissa sa sœur, sans un mot, en partant en cours de son côté.

— On se retrouve ce soir Camille ?

— Ne m'attends pas, je préfère rentrer seule. Tu m'as assez énervé pour la journée.

— Mais Camille...

— Non Julia, laisse-moi, je suis fatiguée ! Tu m'as cassé les pieds avec toutes ces histoires.

Julia, qui avait l'impression de s'être pris une claque par sa sœur, s'attrista et pour la première fois se mit en colère :

Après tout, si ma sœur voulait mon bonheur, elle se réjouirait pour moi, non. Au lieu de ça, elle me fait la tête. J'en ai assez, dès que je suis heureuse et que je l'exprime, cela ne lui convient pas. Tant pis, ça lui passera peut-être, pensa Julia.

— Salut Gaëtan, ça va ? J'ai une bonne et une mauvaise nouvelle à t'annoncer, tu veux que je commence par laquelle ? fit Julia.

— La mauvaise, on va dire...

— En fait, tu vas m'en vouloir, mais j'ai oublié les tissus pour le projet chez moi.

— Mais Julia, on en a besoin pour aujourd'hui, qu'allons-nous faire ? Tu n'avais que ça à prendre, comment as-tu pu oublier ?

Julia avait l'impression qu'ils s'étaient tous ligués contre elle aujourd'hui, pour lui gâcher sa joie.

— Oh c'est bon, cela arrive d'oublier !!

— Pas quelque chose d'aussi important ! dit Gaëtan.

— Eh ben, tu n'avais qu'à les prendre chez toi les tissus, comme ça Monsieur ne les aurait pas oubliés, fit agacée Julia.

— Pfff... laisse tomber !! Et sinon, la bonne nouvelle ?

— C'était que je voulais te remercier, car j'étais heureuse d'avoir passé ce week-end avec toi. C'était magique, un jour que je n'oublierai jamais.

— Ouais...

— Euh cache ton enthousiasme surtout !!

— Julia, on va avoir des points en moins, car tu as oublié les tissus, que veux-tu que je te dise d'autre. Si tu veux rater ton année c'est ton problème, mais pas moi.

— C'est bon, tu n'as jamais rien oublié dans ta vie !! Monsieur est si parfait que ça ?? Vous avez tous aujourd'hui décidé de me briser la journée ou quoi.

Gaëtan leva les yeux au ciel et ne répondit pas, se disant que cela ne vaudrait pas la peine, et que cela les énerverait encore plus. Il laissa la journée se passer sans rien dire, en se demandant comment elle avait pu oublier ça, elle qui tenait tellement à réussir son année, ça commençait plutôt assez mal.

8
La réconciliation

Camille et Julia qui ne se parlait toujours plus depuis leur dispute de la veille, arrivèrent à l'école un peu en avance, et toujours en froid.

— Camille, parle-moi s'il te plaît, je m'excuse, mais on ne peut pas rester comme ça, sans se parler. S'il te plaît, dis-moi quelque chose ??

— Je n'ai rien à dire Julia, après tout c'est ton choix ! fit Camille

— Hein ?

— Tu as très bien entendu Julia !!

— Mais non Camille, tu te trompes.

— Ben oui Julia, tu voulais être seule avec Gaëtan, donc c'est ce que tu as, je ne vois pas ce qui te pose problème donc.

Julia découvrit que sa sœur était au courant de l'ultimatum qu'elle avait donné à Gaëtan, et se sentit plus que gênée, sans trop savoir quoi dire ni quoi faire.

— Euh...

— Non, ne dis rien, Julia, c'est mieux ainsi ! J'ai compris d'ailleurs et, tu vois, je vous laisse tranquille.

— Camille s'il te plaît...

— Non Julia, laisse-moi, à ce soir.

Julia, énervée, alla attraper Gaëtan :

— Mais comment as-tu pu oser tout raconter à Camille ?

— Comment ça ? fit Gaëtan surpris.

— Tu sais très bien de quoi je parle, pour le choix que je t'avais demandé entre elle et moi.

— Ah ça !!! rit Gaëtan.

— Ben oui ça, tu te fous de moi ou quoi !!! fit Julia agacée, tu pensais à quoi d'autre ? Tu t'es bien moqué de moi en tout cas.

— Non, juste que cela m'avait perturbé par rapport à ta sœur, et tu avais remarqué que je l'appréciais, donc je n'ai pas pu m'empêcher de lui dire ! Car ce que tu me demandais là Julia, n'était pas normal et vraiment blessant.

— Mais, tu m'avais promis de ne rien lui dire !

— Oui, mais quand tu me l'as demandé, il était déjà trop tard, elle le savait déjà! Je suis désolé Julia. Tu savais bien qu'à force, cela allait bien finir par se savoir, et tu n'aurais pas pu cacher ça à ta sœur encore bien longtemps. Surtout qu'il me semble que tu disais que vous vous disiez tout en tant que jumelles !!!

— Pfff... et maintenant que vais-je faire ? Ma sœur m'en veut, ce qui est normal, et la connaissant elle ne voudra plus jamais me parler. J'ai tout gâché !! Plus rien ne sera comme avant entre nous, quelque chose s'est cassé, et tout est de ma faute, je ne pourrai jamais me le pardonner, commença à pleurer Julia.

— Ressaisis-toi, c'est toi qui t'es mise toute seule dans ce pétrin, je te rappelle, alors il ne te reste plus qu'à te réconcilier avec ta sœur, c'est déjà pas mal non ?!

— Pour cela, il faudrait déjà qu'elle accepte de me parler, et ça, ce n'est vraiment pas gagné. Pourquoi n'irais-tu pas lui en parler Gaëtan, toi elle t'écoutera !! supplia Julia.

— Et pourquoi moi elle accepterait ? Elle n'a rien contre moi, vu qu'elle en veut à toi seulement. Je ne veux pas me mêler de vos histoires, tu n'avais qu'à y penser avant, avant de me lancer cet ultimatum qui n'aurait pu que causer des problèmes !! Tu peux le reconnaître là ?!

— Oui, mais tu sais bien qu'elle est amoureuse de toi, et toi aussi, je sais tout Gaëtan, j'ai découvert ta lettre dans la chambre de ma sœur quand elle était à l'hôpital, fit discrètement Julia.

— Ah et en plus tu fouilles dans ses affaires !!

— Mais non, je voulais lui ranger sa chambre pour qu'à son retour sa chambre soit bien rangée et nettoyée, et c'est justement en rangeant que je suis tombée sur cette lettre.

Et tu m'avais dit que s'il y avait quelque chose entre vous deux, tu me l'aurais dit.

— Ben justement il ne se passait rien, simplement car ta sœur ne voulait pas te faire de peine, donc elle ne m'a jamais répondu à ma lettre, et elle a, je pense, fait un trait sur moi, car elle avait peur de ta réaction si on commençait quelque chose ensemble, donc tu vois que je ne t'ai pas menti.

— Donc en fait, vous vous êtes privés pour moi si je comprends bien !! fit surprise Julia.

— Et oui, tu vois qu'elle pense à ton bien, alors va te réconcilier avec elle. Je suis sûr qu'elle n'attend que ça que vous fassiez la paix.

Julia réfléchit toute la journée, elle fut touchée en pensant que sa sœur avait pensé à son bonheur avant le sien, et c'était une belle preuve d'amour, elle s'en voulait donc encore plus d'avoir déçu sa sœur, et décida de lui écrire une lettre :

« Camille,

Je ne sais pas comment te dire cela, mais je sais que tu m'en veux beaucoup. Et tu as raison.

Je n'avais pas à demander à Gaëtan de choisir entre toi et moi, je ne sais pas ce qu'il m'a pris, j'étais énervée !

Je m'en suis d'ailleurs voulu, tu sais ? Entre jumelles, on ne devrait pas se disputer pour ça, et je reconnais que je n'ai pensé qu'à mon bonheur, sans penser au tien.

Pour une fois, entre jumelles, je n'ai pensé qu'à moi, et je m'en excuse Camille.

J'ai eu l'impression d'un peu exister pour moi, en t'oubliant. Et je n'en avais pas le droit ! On a toujours tout fait ensemble, on s'est toujours tout dit, on se connaît à 100 %.

Aujourd'hui, je tenais donc à te demander pardon, si j'ai pu te blesser, et pour ça, je te promets de ne pas me mettre entre toi et Gaëtan, car il faut que je le reconnaisse, il t'apprécie beaucoup plus que moi. Après tout, peut-être que vous êtes faits pour être ensemble, et je ne veux pas gâcher ton bonheur, si quelque chose doit arriver.

Camille tu as pensé à mon bonheur avant le tien et ce que tu as fait là est une belle preuve entre nous, j'en suis très touchée, c'est à moi maintenant de te rendre cela, en m'excusant encore pour mon comportement.

Je suis fière d'être ta sœur jumelle, et je ne changerais cela pour rien au monde, tu m'es trop précieuse.

Personne ne pourrait rêver meilleure sœur que toi !

Alors, je vous laisse vivre votre relation comme vous le voulez, et je te fais la promesse de ne plus m'y opposer.

Je sais que tu t'es oublié pour moi, car tu as vu que j'étais sous le charme de Gaëtan, et que j'en étais heureuse, et je n'ai pas pensé que cela te ferait mal, mais toi tu as pensé avant tout à moi en premier.

Alors cette fois, à moi d'être là aussi pour toi hein, et pour cela on doit tout se dire, et ne plus rien se cacher.

Tu es ma jumelle, et ça pour la vie ! Je sais que Gaëtan t'aime et que toi aussi, alors fonce sœurette.

C'est ton bonheur, vis ce que tu as à vivre avec lui. Aujourd'hui je peux dire que j'ai vraiment la meilleure sœur au monde.

Tu es exceptionnelle et surtout irremplaçable.

Je t'aime.

Julia »

Camille finit de lire la lettre en pleurant et alla retrouver sa sœur :

— Merci Julia, merci ! Ta lettre m'a tellement émue, tu ne peux pas savoir à quel point.

Je n'ai pas non plus toujours était juste avec toi, et je te demande également pardon.

Faisons la paix et repartons sur de bonnes bases.

Comme on dit : jumelle un jour, jumelle pour toujours, n'est-ce pas Julia ?!

— Ah je te retrouve ma Camille !! Je t'aime.

— Je t'aime aussi Julia.

Et elles se serrèrent dans leurs bras, en se promettant de tout se dire.

— D'ailleurs Camille, en se promettant de tout se dire, il faut que je t'avoue quelque chose ?

— Euh tu me fais peur Julia, c'est quoi ?

— Tu te rappelles quand tu as été hospitalisée, tu étais contente de rentrer et m'avais remercié pour avoir rangé ta chambre. Et ben en fait, en la rangeant, j'ai aussi rangé ton bureau, et je suis tombée sur la lettre de Gaëtan.

Mais ne t'énerve pas, j'ai voulu ne pas la lire, mais je n'ai pas pu, alors je l'ai ouverte.

Et c'est là que j'ai commencé à comprendre que toi et Gaëtan, vous étiez faits pour être ensemble.

Je n'ai rien voulu te dire, car j'avais peur que ton état s'aggrave de nouveau et après j'ai un peu zappé tout ça.

Tu ne m'en veux pas au moins ? fit Julia.

— Non, au contraire, je suis contente que tu me l'avoues, car tu aurais pu ne rien me dire, et le garder secret, chose que tu n'as pas faite, et j'en suis fière, ça montre que l'on repart vraiment sur de bonnes relations. Et je suis fière aussi d'avoir une sœur comme toi ! fit Camille.

9
Des sœurs « presque » parfaites

Camille et Julia arrivèrent ensemble à l'école en se tenant bras dessous, bras dessus, tout en rigolant.

Gaëtan les aperçut au loin, et alla vers elles, en se réjouissant de les voir s'entendre de nouveau mieux.

— Ah ben les filles, je suis content de vous voir comme cela, alors finies les embrouilles ? rit-il.

— Oui, tout ça c'est du passé maintenant, on ne regarde plus derrière, et on avance ensemble comme avant ! fit Julia tout heureuse.

Puis, Julia partit devant en faisant un signe de la main à sa sœur, elles se retrouveraient comme d'habitude à l'heure du déjeuner. Et elle, lui fit un clin d'œil en la laissant seule avec Gaëtan.

— Oh, mais je vois que cela va vraiment beaucoup mieux entre vous ! fit Gaëtan à Camille, j'en suis vraiment heureux pour vous. Tu as pu lui parler pour nous ?

— Oui, et d'ailleurs si ta proposition de sortir tient toujours, je suis partante, moi aussi j'aimerais découvrir Paris en bonne compagnie, murmura Camille !!

Et j'ai appris que tu es un bon guide.

— Mais avec plaisir, donc cela veut dire que l'on est ensemble ? demanda Gaëtan.

— Oui !!!

— Mais, et pour ta sœur ??!! fit inquiet Gaëtan.

— Oh ne t'inquiète pas, on a sa bénédiction ! s'exclama Camille.

Tu sais, ma sœur n'est pas méchante, juste que par moments, elle peut vite s'emporter, mais comme tout être humain, elle s'énerve assez vite je le reconnais. Mais on a eu une bonne discussion hier, et cela nous a fait du bien ! On s'est retrouvé et ça, c'est vraiment le bonheur. Alors, maintenant, à nous aussi de vivre le nôtre, tu ne penses pas.

— Ah ça oui ! Je ne pouvais pas être plus heureux que maintenant, fit Gaëtan tout excité.

— Je vais d'ailleurs aller remercier ta sœur, si cela ne te dérange pas !!

— Non vas-y elle en sera contente. Et si d'ailleurs tu veux venir déjeuner avec nous tout à l'heure ? Nous en serions ravies.

— Mais avec plaisir, cela me plairait beaucoup mieux que de déjeuner avec Ashley !! Car on a l'impression de manger dans une parfumerie.

— Je vois ce que tu veux dire, je te promets qu'avec nous tu n'auras pas ce problème et tu mangeras bien sans problème.

Et ils partirent tous les deux dans un fou rire, Gaëtan se mit à prendre la main de Camille en lui disant :

— J'ai hâte !! fit Gaëtan en regardant tendrement Camille.

Ce qui fit rougir Camille...

Gaëtan arriva dans sa classe, et comme prévu, il remercia Julia, et le cours commença. Julia en fut heureuse aussi.

Elle se dit qu'au final, Gaëtan et sa sœur faisaient un super beau couple, et elle en était fière.

Le cours commença et les élèves commencèrent la journée par devoir présenter à leur classe le projet qu'ils avaient maintenant tous terminé, pour le défilé prévu dans quelques jours.

Julia présenta sa création qui était une longue robe blanche avec des taches colorées, qui s'accordait avec l'ensemble de Gaëtan, qui lui, avait fait une chemise avec un pantalon blanc et coloré également. Ils eurent les applaudissements de toute la classe, ce qui les réjouissait. Ils furent très fiers de leur travail, et ils eurent les félicitations de leur professeur, il les complimenta sur leur binôme.

Peut-être pourrait-il envisager de travailler ensemble par la suite ? Ils y pensèrent tous les deux.

Au tour d'Ashley de présenter son projet avec son binôme, elles se mirent à pleurer, car elles avaient oublié leur projet chez elles.

Julia et Gaëtan se regardèrent et eurent un fou rire. Ce qui énerva Ashley, qui sortit de la classe en s'effondrant.

Puis leur professeur de stylisme les remercia tous :

— Félicitations, vous avez tous fait du bon travail, et avez tous bien respecté le sujet ! Vous vous lancez dans un brillant avenir. Je suis fière de vous ! Maintenant, il ne reste plus qu'à vous entraîner cet après-midi à défiler pour le grand jour qui arrive.

Profitez-en et soyez fiers de vous ! Éclatez-vous !!

Vous avez bien travaillé. Vous avez été de bons élèves tout au long de cette année...

Cela émut tous les élèves, et en partant, la professeur de stylisme attrapa Julia et la félicita pour son travail :

— Cela n'a pas été facile pour vous, mais vous vous en êtes sortie haut la main ! Quel bonheur, d'avoir eu des élèves comme vous. Je vous souhaite de réussir par la suite, et de vous retrouver pour la deuxième année l'année prochaine.

Vous avez un brillant avenir qui vous attend, accrochez-vous à vos rêves, vous serez une grande styliste.

— Merci Madame, cela fait très plaisir ! À demain pour le défilé.

— Et soyez en forme demain ! fit la professeur.

— Pas de problème pour ça, ria Julia.

En repartant le soir, Camille rejoignit Julia et Gaëtan, et ils firent la route ensemble. Arrivés devant chez elles, Julia dit au revoir à Gaëtan, et laissa sa sœur seule avec lui.

— On a passé une excellente journée hein Camille ? fit Gaëtan.

— Oh oui, la meilleure des journées même !!

— Bon, on se dit à demain ? fit Gaëtan. Et il embrassa Camille.

Julia, qui les avait regardés discrètement par la fenêtre de sa chambre, sauta de joie pour sa sœur.

Camille toute gênée ne sut quoi répondre :

— Euh oui oui, Gaëtan, à demain.

— Vous voulez que je vienne vous attendre devant chez vous demain pour le dernier jour, que l'on fasse la route ensemble jusqu'à l'école ?

— Oh oui, je veux bien ! fit Camille.

Et elle alla rejoindre Julia qui continua dans sa chambre à sauter de joie.

— Camille, je suis trop contente pour vous, que vous soyez enfin ensemble ! Tu le mérites, et j'espère que cela durera très longtemps.

Et elles passèrent la soirée ensemble devant un film, avant d'aller se coucher et de passer une bonne nuit, en pensant à ce qui les attendait le lendemain.

10
Le défilé de mode

La fin d'année arriva à grands pas, et les élèves s'activaient pour organiser un des plus beaux défilés de mode de fin d'année.

Ils avaient travaillé très dur pendant toute l'année, pour réaliser cela, et espéraient être repérés par quelques grands créateurs de mode, donc ils voulaient que le défilé soit parfait, et se déroule sans aucun problème.

Le jour du défilé tant attendu commença, et tout le monde était déjà au travail depuis le matin très tôt.

Le stress commença également à monter pour tous les élèves.

Notamment pour Julia, qui se sentait aussi nostalgique de cette belle année passée, et appréhendait de présenter leurs créations.

Camille, qui n'avait pas de défilé cette année-là, fut enthousiaste à l'idée d'aller rejoindre sa sœur, qui était arrivée très tôt le matin à l'école, avant elle. Elle était donc pressée de venir encourager sa sœur et admirait son travail avec Gaëtan.

— Hey Julia, alors ce défilé, ça commence à prendre forme ? Je peux t'aider à faire quelque chose si tu veux ?

— Ah Camille, j'étais pressée que tu arrives, car je commence à stresser, fit Julia en pleine angoisse.

— Mais non, ça va aller, il n'y a pas de raison !

Et avec Gaëtan, vous formez un bon binôme de travail, alors tout se passera à merveille, j'en suis certaine.

Crois-moi !! J'ai toujours raison ! la taquina Camille.

Et je n'allais pas laisser ma sœur sans moi à ce défilé quand même.

Elles se serrèrent fort dans leurs bras, pour se donner de la force.

— Allez Julia, ça va aller, vous allez cartonner.

Gaëtan les rejoignit, et embrassa Camille, Julia se réjouit à nouveau :

— Ah, mais quel beau couple vous formez, je vous admire !!

Je suis tellement contente pour vous.

Camille prit la main de sa sœur et lui répondit :

— Merci sœurette, c'est grâce à toi. Et je ne peux que te remercier. Et je suis sûre que tu vas trouver ton bonheur aussi bientôt. Tu le mérites tout autant que moi.

Les élèves furent appelés dans leur classe, car le défilé était sur le point de commencer, ils devaient donc tous aller se préparer, et enfiler leurs créations.

Le défilé commença, Julia et Gaëtan, furent les premiers à monter sur la scène et se mirent à défiler sous les applaudissements des autres élèves, des professeurs, du jury et des spectateurs.

Le défilé se passa à merveille, le jury et le public étaient en admiration devant les créations des élèves, et décernèrent un premier prix à Julia et Gaëtan.

Camille dans le public cria de joie.

Et Julia fit redescendre la pression et se sentit très à l'aise.

Tout le monde était heureux et espérait que cela dure ainsi.

Ils pleuraient tous de joie et se félicitaient du travail qu'ils avaient réalisé.

Après cette belle journée, Camille et Julia rentrèrent ensemble, en disant au revoir à Gaëtan devant l'école.

Elles parlèrent du défilé, tout le long du trajet, quand soudain, une voiture s'arrêta à leur hauteur, et la vitre se baissa :

— Bonjour, Mesdemoiselles !

Et en regardant Julia il demanda si c'était bien elle qui venait de défiler avec les vêtements blancs et colorés.

— Euh oui ! fit-elle timidement.

— Je me présente, je m'appelle Donacio Paolo, je suis le créateur de nombreuses grandes marques, et j'aimerais que vous passiez demain matin à mon bureau dans mon atelier de couture où j'aimerais vous faire découvrir nos locaux, et si cela vous intéresse, je souhaiterais vous proposer un contrat et que l'on travaille ensemble.

Julia, qui fut sonnée de cette incroyable nouvelle, fut si surprise et si heureuse qu'elle ne réalisait pas encore ce qui était en train de lui arriver.

— Bien sûr Monsieur, je serai là demain matin !

— Je vous laisse ma carte, je vous attends donc demain matin, et encore bravo pour le défilé, vous avez fait du bon travail, un vrai travail de professionnel. Bonne soirée !!

Puis la voiture partit, Julia et Camille, sonnées toutes les deux, se mirent à hurler de joie, des larmes coulèrent de leurs yeux, elles se serrèrent fort dans leurs bras en sautillant dans tous les sens, et elles ne réalisaient pas ce qu'il venait de se passer.

— Tu vois Julia, je t'avais dit que ton bonheur n'était pas loin, la vie te sourit ma sœur !! fit Camille si heureuse pour sa sœur.

— Camille, je n'en reviens pas, j'ai l'impression d'être dans un rêve, ce n'est pas possible.

Mais que m'arrive-t-il ?

— Je suis très contente pour toi Julia.

— J'ai l'impression d'être dans un rêve !! Pince-moi Camille.

— Avec plaisir, ria Camille, en pinçant sa sœur.

— Aïe !!! Mais Camille pas si fort.

— C'était pour te faire sortir de ton rêve Julia, alors ça a fonctionné… hihi.

— Évidemment, je le sais, j'ai si hâte et à la fois peur de ce qui m'attend.

— T'inquiète ! Et si tu as besoin, tu sais que je suis là.

On va passer de bonnes vacances je pense.

— Je le pense aussi, en tout cas elles commencent bien, fit Julia joyeuse.

— Allez sœurette, il est temps que tu traces ton chemin, va vers ton bonheur, sois heureuse !

Deviens une grande styliste, fais-nous rêver et rends-nous tous fiers de toi, comme nous le sommes déjà.

À toi de jouer maintenant !!

Fin !

À suivre…

Imprimé en France - R_46942 - 14110 Condé-sur-Noireau
RapidBook, une marque du Groupe Corlet Imprimeur